♥ 추천·감수 **이 어 령**

1934년 충청남도 아산에서 태어났습니다. 서울대학교에서 국문학을 전공하고, 스물다섯 살에 작가가 되었습니다. 40년 넘게 대학에서 학생들을 가르쳤고, 여러 신문사 논설위원과 초대 문화부 장관을 지냈습니다. 지은 책으로 〈생각에 날개를 달자〉, 〈축소 지향의 일본인〉, 〈매화〉, 〈이어령 라이브러리〉 등이 있습니다.

♥ 엮음 **김 연**

대구에서 태어나 오랫동안 시를 썼고, 대학원에서 현대 소설을 전공했습니다. 문예지 기자와 출판사 주간을 거쳐 지금은 세상에 필요한 좋은 책을 기획하고 쓰는 일을 하고 있습니다. 지은 책으로 〈조선왕조실록〉, 〈작업복을 입고 노벨 상을 탄 아저씨〉 등이 있고, 엮은 책으로 〈다시 읽는 우리 문학〉 시리즈와 〈위풍당당 삼국지〉 등이 있습니다.

♥ 그림 **정 윤 철**

대학에서 조형예술학을 전공했습니다. 애니메이션 영화 〈원더풀 데이즈〉의 배경 일러스트 총감독을 맡았습니다. 그린 책으로 〈팥죽 할멈과 호랑이〉, 〈호이호이 잼할머니〉, 〈혹부리 영감〉, 〈보리수 씨앗과 까마귀 똥〉 등이 있습니다.

이 책의 표지는 일반 용지보다 1.5배 이상 고가의 고급 용지인 드라이보드지를 사용해 제작하였습니다. 표지를 드라이보드지로 제작하면 습기의 영향을 덜 받기 때문에 본문 용지가 잘 울지 않고, 모양이 뒤틀리지 않아 책을 오랫동안 보존할 수 있습니다.

이 책은 기존의 석유 잉크 대신 친환경 식물성 원료인 대두유 잉크를 사용하여 인쇄하였습니다. 대두유 잉크는 선진국에서 널리 사용하고 있는 고가의 대체 잉크로, 휘발성이 적어 인쇄 상태의 보존이 용이하고, 인체에 무해할 뿐만 아니라 눈에 부담을 주지 않는 자연스러운 색을 내는 특징이 있습니다.

이제 어떻게 하지?

생각통통 명작문학 ⑩
지킬 박사와 하이드

총기획 및 발행인 박연환 발행처 (주)한국헤르만헤세 출판신고 제17-354호
주소 서울특별시 송파구 석촌동 7-3 대표전화 (02)470-7722 팩스 (02)470-8338
연구개발원
주소 경기도 성남시 분당구 금곡동 444-148
대표전화 (031)715-7722 팩스 (031)786-1100 고객문의 080-715-7722
편집 김양미, 김범현 디자인 조수진, 우지영, 성지현, 한지희

www.hermannhesse-book.co.kr

지킬 박사와 하이드

로버트 스티븐슨 지음 | 김연 엮음 | 정윤철 그림

작품추천   어린이도서연구회 권장도서,
한우리 독서문화운동본부 추천도서.

한국헤르만헤세

이 책의 주인공들

The Strange Case of Dr. Jekyll and Mr. Hyde

헨리 지킬
유명한 의학 박사이자 법학 박사. 사회적으로 존경받는 인물이지만 마음속에는 쾌락을 즐기고 싶은 욕망이 있어요. 그런 욕망 때문에 스스로를 불행에 빠뜨리는 약을 발명합니다.

어터슨 변호사
지킬 박사의 친구인 존경받는 변호사. 무뚝뚝하지만 주위 사람들에게 신뢰받는 인물로, 친구를 사귀면 먼저 관계를 끊는 일이 없고, 친구의 불행을 자기 일처럼 마음 아파해요.

에드워드 하이드
약을 먹고 변신한 지킬 박사의 분신. 몸집이 작고 소름이 끼칠 정도로 끔찍하게 생겼어요. 나쁜 짓을 저지르고도 뉘우칠 줄 모르다가 사람을 죽이기까지 합니다.

래니언 박사

의학 박사이며, 헨리 지킬과 어터슨 변호사와는 어릴 때부터 친구 사이입니다. 학문적으로 지킬 박사와 견해가 달라 오랫동안 대립하다가 그의 비밀을 안 뒤에는 충격에서 헤어나지 못하고 죽습니다.

리처드 엔필드

어터슨 변호사의 먼 친척으로, 쾌활한 성격을 지닌 런던 신사. 매주 일요일 어터슨 변호사와 산책을 하는 것이 취미예요. 어느 날 새벽 자신이 목격한 하이드의 끔찍한 행동에 대해 어터슨 변호사에게 말해 줍니다.

풀

헨리 지킬의 충실한 집사. 주인이 1주일 넘도록 서재에서 나오지 않는 데다 그 안에서 다른 사람의 목소리만 들리자 뭔가 큰일이 났다고 생각하여 어터슨 변호사에게 도움을 요청합니다.

이 책을 읽기 전에

사람은 착할까, 아니면 악할까?

사람마다 다르지 않나요?

저는 천사처럼 착한데 제 짝꿍은 악마처럼 악해요.

아니야. 나도 착할 때가 있고, 너도 악할 때가 있어.

〈지킬 박사와 하이드〉는 인간의 이중성을 다룬 소설이에요.

그래. 인간의 마음속에는 착한 모습과 악한 모습, 이 두 가지가 모두 있지.

지킬 박사와 하이드처럼요?

지킬 박사는 마음속에서 일어나는 나쁜 생각 때문에 괴로워해요.

지킬 박사와 하이드? 그게 누구예요?

지킬 박사는 유명한 법학 박사이자 의학 박사로, 존경 받는 인물이지.

하이드는 나쁜 짓을 일삼다가 살인까지 저질러. 그런데 이 두 사람 사이에는 정말 놀라운 비밀이 숨어 있어!

무슨 비밀인데요?

어떤 비밀인지 알면 깜짝 놀랄 거야!

책을 읽기 전엔 절대 모를걸?

윽, 너무 궁금해요.

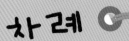

생각통통 명작문학 10

지킬 박사와 하이드

겨울 새벽에 일어난 사건

런던에 사는 어터슨은 부유하고 존경 받는 변호사였어요.
큰 키에 깡마른 체구, 무뚝뚝하고 언제나 표정이 굳어 있는 그는
다른 사람들과 이야기할 때에도 좀처럼 웃는 법이 없었어요.
그런데도 그에게는 사람의 마음을 사로잡는 묘한 매력이 있었어요.
친구를 사귀면 결코 먼저 관계를 끊는 일이 없었고,
또 친구의 불행을 보면 자기 일처럼 마음 아파했지요.

그는 자신에게는 엄격했지만 남들은 따뜻하게 대해 주었어요.

어터슨이 친하게 지내는 사람은 가까운 친척과 친구 몇 명뿐인데,

먼 친척뻘 되는 엔필드도 그중 한 사람이었지요.

엔필드는 성격이 쾌활하고 놀기를 좋아했어요.

성격이 전혀 다른 두 사람이지만 둘도 없는 친구 사이였어요.

두 사람은 매주 일요일마다 함께 산책하는 게 주요 일과였어요.

그날도 두 사람은 런던 시내 중심가를 산책하고 있었어요.

　　　"어터슨, 사람들은 우리 둘이 친구라는 게 이상한가 봐."

　　　"모르는 사람들은 그럴 수도 있지."

　　　두 사람은 가벼운 이야기를 주고받으며 걸었어요.

　　　뒷골목으로 접어들자 낡고 으스스한 이층집이

　　　눈에 띄었어요.

골목 끝에서 두 번째인 그 집에는 창문도 없고,
오랫동안 손보지 않은 듯 페인트칠도 군데군데 벗겨졌으며,
담벼락에는 개구쟁이 꼬마들의 낙서가 어지럽게 널려 있었어요.
두 사람은 빈 집 같은 그 집 앞에서 걸음을 멈추었어요.
엔필드가 담벼락에 난 조그마한 뒷문을 지팡이로 가리키며 말했어요.
"저 뒷문을 좀 보게."
"왜 그러나?"

"나는 저 문만 보면 얼마 전에 겪었던 끔찍한 장면이 떠오르네."

"아니, 저기서 무슨 일이 있었나?"

"있고말고! 지난 겨울 어느 날 새벽이었지.

나는 볼일을 보러 먼 곳까지 갔다가 돌아오는 길이었다네……."

엔필드가 들려준 이야기는 다음과 같았어요.

그날 새벽 엔필드는 사람 한 명 지나다니지 않는 어두운 거리를

불안한 마음으로 걷고 있었어요.

그때 갑자기 골목길 양쪽에서 두 사람이 마주 보며 달려왔어요.

하나는 몸집이 작은 남자 어른이었고, 다른 하나는 아홉 살쯤 되어

보이는 여자아이였지요.

두 사람은 헐떡거리며 뛰어오다가 모퉁이에서 부딪치고 말았어요.

여자아이는 쓰러져 엉엉 울었어요.

그런데 남자는 쓰러진 아이를 일으켜 세우기는커녕

그대로 밟고 지나가는 거였어요!

엔필드는 무심코 그 장면을 바라보다가 몸을 부르르 떨었지요.

'저럴 수가! 저놈은 사람이 아니라 악마야!

마치 통나무를 밟듯 어린 소녀를 태연하게 밟고 지나가잖아.'

그는 남자를 뒤쫓아 가며 소리쳤어요.

"나쁜 놈! 거기 서지 못해!"

마침내 엔필드는 남자를 따라잡아 그의 멱살을 움켜잡았어요.

"이봐, 어린아이를 쓰러뜨린 것도 모자라 등을 밟고 지나가……."

말을 하다가 엔필드는 멈칫했어요.

자신을 올려다보는 남자의 얼굴이 너무나 끔찍했어요.

그사이 여자아이의 가족과 의사가 달려왔어요.

의사가 말했어요.

"크게 다친 건 아니지만, 아이가 놀라서 몹시 떨고 있어요."

사람들은 끔찍하게 생긴 남자에게 손가락질을 했어요.

"이런 놈은 당장 감옥에 집어넣어야 해!"

"맞아! 사람도 아니야."

으앙!

그러자 끔찍하게 생긴 남자가 악마처럼 씨익 웃으며 말했어요.

"흥! 괜히 소란 피우지 마오. 까짓것 돈을 주지. 얼마면 되겠소?"

엔필드가 성큼 나섰어요.

"당신을 때려죽이고 싶지만 참겠소. 100파운드를 내놓으시오."

"여기서 기다리시오. 집에 가서 돈을 가져올 테니까."

"우리가 당신을 어떻게 믿는단 말이오? 같이 갑시다."

"제기랄! 그럼 따라오시오."

잠시 후 남자는 어느 낡은 이층집 뒷문으로 들어갔어요.

엔필드와 여자아이의 가족은 초조한 심정으로 기다렸어요.

곧이어 남자가 다시 얼굴을 내밀었어요.

"여기 있소, 100파운드."

남자가 준 돈은 금화 10파운드와 90파운드짜리 수표였어요.

그런데 엔필드는 수표의 서명을 확인하다가 깜짝 놀랐어요.

수표에는 아주 유명한 사람이 서명을 했어요.

"당신이 이런 분의 수표를 갖고 있을 리 없소.

이건 가짜요, 가짜!"

"정 못 믿겠다면 나랑 같이 은행으로 갑시다."

날이 밝자 그들은 은행으로 갔어요.

엔필드는 은행 직원에게 수표를 내밀며 말했어요.

"이 수표를 현금으로 바꿔 주세요.

가짜 같기는 하지만……."

쓰러진 아이를
밟고 지나가다니,
나쁜 사람!

"아닙니다. 틀림없는 진짜입니다."

은행 직원의 말에 엔필드는 갑자기 머릿속이 혼란스러웠어요.

'수표에 서명한 사람은 이런 녀석과 어울릴 사람이 아닌데…….

혹시 이놈이 그 사람을 협박해서 뜯어낸 돈이 아닐까?'

엔필드의 이야기는 거기서 끝이 났어요.

그는 어터슨 변호사를 바라보며 말했어요.

"그때 그 녀석이 돈을 가지러 들어갔던 집이 바로 저 집이라네."

"뭐라고?"

어터슨 변호사는 자기도 모르게 목소리를 높였어요.

"아니, 왜 그러나? 자네, 저 집에 대해 아는 게 있나?"

"그, 글쎄, 조금……."

어터슨은 말을 더듬거렸어요.

엔필드는 어터슨을 흘깃 바라본 다음 말을 이었어요.

"그 뒤 나는 저 집에 대해 관심을 갖고 눈여겨봤다네.

그런데 그 끔찍하게 생긴 남자는 자주 저 집을 드나들었어.

열쇠로 저 뒷문을 여는 것을 심심찮게 봤거든."

"자네 그 끔찍하게 생긴 남자의 이름은 알고 있나?"

"물론이지. 하이드야."

"오늘 나한테 들려준 이야기는 절대로 입 밖에 꺼내지 말게.

부탁이야."

엔필드는 궁금하다는 표정으로 어터슨 변호사를 바라보았어요.

의문의 유언장

어터슨은 일요일 저녁에는 식사를 마치고 벽난로
앞에서 12시까지 책을 읽었어요.
하지만 그날은 책 읽을 기분도 아니어서 멍하니
앉아 있다가 슬그머니 서재로 갔어요.
그는 금고에서 오래된 봉투 하나를 꺼냈어요.
그리고 봉투에서 지킬 박사의 유언장을 꺼내
다시 한 번 그 내용을 읽어 보았어요.

나, 헨리 지킬은 이렇게 유언을 남긴다. 내가 죽거나
이유 없이 3개월 이상 사라질 경우, 나의 전 재산은
즉시 에드워드 하이드 씨에게 넘어간다. 하이드 씨는 내 뒤를 이어
집안의 주인 자리를 물려받는다.

어터슨은 이 유언장을 처음 보았을 때 재산을 가족이 아닌
하이드라는 사람에게 물려준다는 게 이상했어요.
그런데 이제 하이드가 어떤 사람인지 알고 나니 더욱 이상했지요.
그는 유언장을 금고에 넣고 친구인 의학 박사 래니언을 찾아갔어요.
래니언은 포도주를 마시다가 반갑게 어터슨을 맞았어요.

"어서 오게. 오랜만이야."

어터슨은 의자에 앉으며 불쑥 물었어요.

"여보게, 헨리 지킬의 가장 오래된 친구라면 자네와 나 정도겠지?"

"그렇지, 우린 어릴 때부터 친구였으니까. 갑자기 그건 왜 묻나?"

"음, 좀 알아볼 게 있어서……. 요즘도 가끔 지킬을 만나나?"

"아니, 10년 전부터 지킬이 이상한 짓을 해서 사이가 멀어졌어.
그는 머리가 좀 이상해진 것 같아. 말도 안 되는 생각을 하거든."

"혹시 하이드라는 이름을 들어 봤나?"

"하이드? 처음 듣는 이름인데…….
그게 누군가?"

"아, 아닐세. 다음에 이야기하지."

어터슨은 몇 마디 더 대화를 나누다가
자리에서 일어났어요.
래니언 박사도 별로 아는 게
없었기 때문이지요.
집으로 돌아온 어터슨은 침대에
누웠지만 잠이 오지 않았어요.
한참을 뒤척이다가 가까스로
잠들었는데, 아주 불쾌한 꿈을
꾸었어요.

어서 오게.
오랜만이야.

호흐흐!

꿈속에서 하이드가 소녀를 짓밟고
'흐흐흐.' 하고 기분 나쁘게 웃는가
하면, 어느새 지킬 박사의 침대
머리맡에서 그를 내려다보고 있었어요.
이상한 것은, 어떻게 해도 하이드의
얼굴을 볼 수 없다는 것이었어요.
얼굴을 보려고 가까이 다가서면
어느 틈에 사라져 버리고 말았어요.
그날 이후 어터슨은 하이드의 정체를
밝히기 위해 그 낡은 이층집 주변을
맴돌았어요.
어느 날 밤, 발소리가 들리더니
한 남자가 나타나 익숙한 동작으로
주머니에서 열쇠를 꺼냈어요.
어터슨은 그 남자가 하이드일 거라고
생각했어요.
어터슨은 남자에게 다가가 어깨를
툭 치며 말을 걸었어요.
"안녕하십니까, 하이드 씨?"
남자는 깜짝 놀라 움찔했어요.
"누, 누구시오?"

이 소설의 배경인 런던이야.

이 소설에서 런던은 어둡고 안개 낀 도시로 나와.

"나는 지킬 박사의 오랜 친구요. 함께 안으로 들어갑시다.

나도 지킬 박사에게 볼일이 있어서 왔습니다."

"지킬 박사는 집에 없소. 그보다 내 이름은 어떻게 알았소?"

"그보다 나중에 만나면 인사라도 하게 당신 얼굴 좀 보여 주세요."

남자는 잠시 머뭇거리다가 고개를 홱 돌렸어요.

그 순간 어터슨은 비명을 지를 뻔했어요.

엔필드의 말대로 너무나 끔찍한 얼굴이었어요.

하이드가 말했어요.

"내친김에 내 주소까지 가르쳐 드리겠소."

하이드는 소호 거리의 어떤 번지수를 말해 주었어요.

그런데 그 주소는 지킬 박사의 유언장에 있는 것과 일치했어요.

"이제 내 이름을 어떻게 알았는지 말해 주겠소?"

"내 오랜 친구인 지킬 박사한테서 들었지요."

"흥, 거짓말! 절대 그럴 리가 없소."

"어떻게 그렇게 장담하시오?"

"다 아는 수가 있지. 으하하하!"

하이드는 한바탕 웃음을 터뜨리고 안으로 들어가 버렸어요.

어터슨 변호사는 하이드를 만난 충격으로 멍하니 서 있었어요.

마침내 그는 걸음을 옮겨 그 이층집 정문을 두드렸어요.

사실 그 집은 지킬 박사의 집이었어요.

하이드가 뒷문으로 드나드는 건물은 지킬 박사의 멋진 저택과

연결된 실험실이라는 것을 어터슨은 알고 있었지요.

"풀, 지킬 박사는 집에 있는가?"

어터슨이 문을 열어 주는 늙은 집사에게 물었어요.

"글쎄요. 일단 들어오시지요."

풀은 어터슨을 현관 옆에 있는 작은 방으로 안내했어요.

어터슨은 의자에 앉아 방 안을 두리번거렸어요.

그 방은 지킬 박사가 자기 취향에 맞게 정성 들여 꾸민 방이었어요.

전에 어터슨도 런던에서 가장 아늑한 방이라고 칭찬했지요.

하지만 그날은 소름 끼치는 음모가 가득해 보였어요.

벽난로에서 이글거리는 불꽃에서도 위협을 느낄 정도였어요.

이윽고 풀이 돌아와 말했어요.

"박사님은 지금 안 계신데요."

"그래? 오랜만에 찾아왔는데 못 만나니 섭섭하군."

어터슨은 말은 그렇게 해도 사실은 마음이 놓였어요.

"그건 그렇고, 방금 어떤 사람이 뒷문을 열고 실험실로 들어가던데 그렇게 함부로 드나들어도 괜찮은 사람인가?"

"아, 괜찮고말고요. 박사님이 그분한테 열쇠까지 주셨는데요, 뭐."

"지킬 박사가 믿는 사람인가 보군?"

"네. 박사님은 하이드 씨가 원하는 건 뭐든 들어주라고 하셨어요."

"그런데 왜 나는 그동안 이 집에서 한 번도 그 사람을 못 봤지?"

지킬은
하이드에게
협박당하고
있을 거야.

"하이드 씨는 늘 뒷문으로 드나드니까 이쪽으로 오는 일은 없어요."

"그랬군. 그럼 나는 이만 가 보겠네."

그 집을 나서는 어터슨은 마음이 무거웠어요.

'아, 가엾은 지킬! 어쩌다가 그런 놈에게 꼬투리를 잡혀 가지고…….'

어터슨은 문득 두려운 마음이 들었어요.

'나는 살아오면서 부끄러운 짓이나 나쁜 행동을 하지 않았을까?

혹시 나도 모르는 그런 일들이 있지 않을까?'

어터슨은 용수철 달린 인형이 상자에서 튀어나와 사람을 놀라게 하듯

자기도 모르는 자신의 죄가 불쑥 튀어나올 것만 같았어요.

'지킬은 철없던 젊은 시절에 저지른 잘못이 하이드에게 꼬투리를

잡혀 협박당하고 있는지도 모른다.

하지만 지킬이 잘못이 있다 하더라도 하이드에 비하면

하늘과 땅 차이, 빛과 어둠의 차이일 것이다.

이대로 내버려 둘 수는 없다.

하이드가 지킬의 유언장 내용을 알게 되면 하루라도

빨리 그의 재산을 가로챌 속셈으로 무슨 일을

저지를지 모른다.

나라도 발 벗고 나서서 가엾은 지킬을 도와야 해!'

어터슨은 지킬 박사의 유언장 내용이 떠오르자

소름이 돋았어요.

하이드를 걱정하는 지킬 박사

2주일 뒤 어터슨은 가벼운 마음으로 지킬 박사의 집을 찾아갔어요.

지킬 박사가 친한 친구 대여섯 명을 저녁 식사에 초대했거든요.

친구들은 술을 마시며 흥겨운 시간을 보내고 돌아갔어요.

어터슨은 지킬 박사에게 할 말이 있어 홀로 남았어요.

지킬 박사는 훤칠한 키에 당당한 몸매의 50대 신사였어요.

얼굴은 다소 차갑게 보이지만, 일단 말을 하면 재치가 넘쳤지요.

그는 의학과 법학 분야에서 쌓은 업적으로 학술원 회원이 되었지요.

"지킬, 자네의 유언장에 대해 할 말이 있어.

나는 처음부터 그 유언장 내용이 마음에 들지 않았어."

"자네는 하이드가 누군데 그에게 전 재산을 물려주냐며 화를 냈지."

"사실 얼마 전 하이드라는 사람을 만났네.

그를 만나 보니 더욱 유언장 내용을 고쳐야 한다는 생각이 들더군."

순간 지킬 박사는 괴로운 표정을 지었어요.

"그 이야기라면 더 이상 듣고 싶지 않네."

"나는 하이드가 얼마나 끔찍한 사람인지를 전해 들었다네.

자네가 그런 사람과 어울린다니, 도저히 믿을 수가 없어."

"그만, 그만! 부탁이야, 제발 그만해.

나는 지금 곤경에 빠져 있지만, 자네한테 말할 수는 없어."

"지킬, 나를 믿지 못한단 말인가? 나는 언제나 자네 편이야."

"고맙네. 하지만 그래도 어쩔 수 없어.

나는 언제든 마음만 먹으면 하이드와의 관계를 끊을 수 있으니

너무 염려하지 말게."

"그렇다면 어쩔 수 없지. 자네를 믿을 수밖에."

"하이드가 자네와 만난 건 나도 알아. 하이드가 말해 주더군.

사실 하이드는 몹시 불쌍한 사람이라네.

만약 내가 잘못되면 유언장 내용대로 해 주기 바라네.

그의 권리를 자네가 책임지고 찾아 주겠다고 나에게 약속해 줘."

어터슨은 기가 막혔어요.

"뭐라고? 내가 왜 그런 짐승 같은 자에게……?"

"하이드를 위해서가 아니라 나를 위해서 그렇게 해 달라는 말이야.

하이드를 도와줄 사람은 자네밖에 없어. 친구로서 부탁하네."

지킬 박사의 태도가 워낙 간절해서 어터슨도

더 이상 거절할 수가 없었어요.

지킬 박사는
말 못 할 사정이
있나 봐.

"자네가 그렇게 부탁하니 할 수 없지.

유언장은 놓고 갈 테니 천천히 생각해 보게."

어터슨은 고개를 끄덕이면서도 길게 한숨을

내쉬었어요.

심야의 살인 사건

그로부터 1년쯤 지난 10월에 끔찍한 살인 사건이 일어났어요.
템스 강변의 집에 혼자 사는 아가씨가 이 사건의 목격자였어요.
가정부 일을 하는 아가씨는 늦도록 일을 하다가
밤 11시가 되어서야 집으로 돌아왔어요.
템스 강 주변은 한밤중에는 늘 안개가 자욱했는데,
그날따라 안개도 걷히고 달빛이 환했어요.

아가씨는 보름달이 밝게 뜬 템스 강을 보려고 창가로 다가갔어요.

그때 템스 강을 따라 천천히 걸어오는 노신사가 한 명 있었어요.

노신사의 반대쪽에서도 몸집이 작은 남자가 지팡이를 짚고 천천히

걸어왔어요.

노신사가 남자에게 말을 걸었어요.

손짓으로 미루어 보아 길을 묻는 것 같았지요.

아가씨는 무심코 그들을 내려다보다가 소스라치게 놀랐어요.

'앗! 저 사람은······.'

달빛에 얼굴이 드러난 남자는 하이드였어요.

그 남자는 아가씨가 가정부로 일하는 집에 온 적이 있었는데 인상이

워낙 고약해서 딱 한 번 보고도 선명하게 기억할 수 있었어요.

아가씨는 왠지 불안한 마음으로 계속 그들을 지켜보았어요.

하이드는 노신사의 물음에 아무 대답도 하지 않고 지팡이만

만지작거리며 서 있었어요.

그러다가 하이드는 지팡이를 치켜들더니 갑자기 노신사에게
마구 휘둘러 댔어요.

당황한 노신사는 주춤주춤 뒤로 물러났어요.

그런데도 하이드는 괴상한 소리를 지르며 날뛰다가
마침내 노신사를 쓰러뜨리고 마구 짓밟았어요.

아가씨는 너무 끔찍해서 눈물을 흘렸어요.

"저, 저건 사람이 아니야."

하이드의 행동은 마치 미친 원숭이 같았어요.

그는 길길이 날뛰며 노신사를 짓밟는 것으로도 모자라
사정없이 지팡이로 내리쳤어요.

비명을 지르던 노신사는 마침내 땅바닥에 널브러져
아무 소리도 내지 않았어요.

아가씨는 충격으로 기절했다가 가까스로 정신을 차렸어요.

그때가 새벽 2시였어요.

"경찰을 불러야 해, 경찰을……."

뒤늦게 경찰이 달려왔을 때 노신사의 몸은 이미 싸늘하게 굳어
있었고, 그 처참한 광경은 차마 눈 뜨고 볼 수 없을 지경이었어요.

땅바닥은 피로 물들었고, 얼마나 세게 내리쳤는지 부러진 지팡이의
반 토막이 주변에서 나뒹굴고 있었지요.

경찰은 시체의 주머니를 뒤져 보았어요.

주머니에서는 신분을 확인할 수 있는 명함은 없었지만,
지갑과 금시계, 그리고 편지 한 통이 나왔어요.
"흠, 받을 사람은 누구로 되어 있나?"
한 경찰관의 물음에 다른 경찰관이 대답했어요.
"변호사 어터슨 씨입니다."
다음 날 아침, 경찰관이 그 편지를 들고 어터슨을 찾아왔어요.
경찰관은 어젯밤 살인 사건에 대해
이야기해 주었어요.
어터슨은 봉투를 뜯고 편지를 꺼내
읽었어요.

런던을 흐르는 템스 강이야.

커루 경은 템스 강변에서 살해당했어.

어터슨은 잔뜩 찌푸린 표정으로 중얼거렸어요.

"음, 시체를 보기 전에는 뭐라고 말할 수 없군요. 일단 가 봅시다."

경찰서에 도착하자마자 시체를 확인한 어터슨은 까무러칠 뻔했어요.

"아니, 이 사람은 유명한 국회의원인 댄버스 커루 경입니다!"

경찰관들도 눈이 휘둥그레졌어요.

"그, 그게 사실이에요?"

경찰관은 어터슨에게 가정부 아가씨의 증언을 들려주고,

현장에서 발견된 지팡이 반 토막을 내밀며 물었어요.

"그런데 혹시 하이드라는 사람을 아십니까?"

어터슨은 지팡이를 보자 하이드가 범인임을 확신했어요.

그 지팡이는 몇 년 전에 자신이 지킬 박사에게 선물한 것이었거든요.

"압니다. 하이드가 알려 준 주소도 가지고 있습니다.

일단 그의 집을 수색해 보는 것이 순서일 것 같군요."

경찰관과 어터슨은 소호 거리에 있는 하이드의 집으로 달려갔어요.
그의 집은 더러운 뒷골목에 자리 잡고 있었어요.
어터슨은 마음이 아팠어요.
'이런 놈에게 지킬 박사는 엄청난 재산을 물려주려 하다니……'
경찰이 문을 두드리자 가정부인 할머니가 얼굴을 내밀었어요.
"여기가 하이드 씨 집이 맞습니까?"
할머니는 비굴한 웃음을 흘리며 대답했어요.
"호호, 맞습니다만 지금 집에 안 계시는데요.
오늘 새벽에도 거의 두 달 만에 들렀다가 부리나케 다시 나갔어요."

"그래요? 우리가 하이드 씨의 방을 좀 수색해야겠소."

"그건 곤란한데요. 주인이 없는 방을 어떻게……."

"우린 경찰이오.

오늘 새벽에 일어난 살인 사건 때문에 그러는 것이오."

"네? 그럼 하이드 씨가 무슨 잘못이라도 저질렀나요?

어쩐지 행동이 영 수상쩍다고 생각했더니……."

경찰관과 어터슨은 할머니의 말을 듣지 않고 서둘러

하이드의 방으로 들어갔어요.

하이드의 방은 한마디로 난장판이었어요.

겉보기와는 달리 방 안에 놓인 가구며 장식들은 최고급이었지만,

주머니가 뒤집힌 바지며 열쇠가 그대로 꽂힌 책상 서랍 등으로

미루어 보아 급하게 뒤진 흔적이 고스란히 드러났어요.

우린
경찰이오.

주인이
없는 방을
어떻게…….

경찰관은 한동안 멍하니 서 있다가 이윽고 방 안을 살펴보았어요.
"앗! 여기 난로에 타다 남은 수표책이 있어요!"
다른 경찰관도 소리쳤어요.
"부러진 지팡이의 나머지 반 토막도 여기 있어요!
하이드가 범인인 게 확실해요."
"그래? 그럼 먼저 은행으로 가서 하이드의 돈이 아직 남아 있는지
확인해 보자고."
경찰과 어터슨은 다시 은행으로 달려갔어요.
하이드의 이름으로 예금된 돈은 고스란히 남아 있었어요.

경찰은 어깨를 쭉 펴고 자신만만하게 웃었어요.

"변호사님, 이제 체포는 시간문제예요.

은행에서 기다리다가 돈을 찾으러 오는 하이드를 잡으면

끝나는 겁니다."

하지만 그것은 경찰의 착각이었어요.

며칠이 지나도록 하이드는 머리카락도 보이지 않았어요.

며칠 전과는 달리 굳어진 표정으로 경찰관이 말했어요.

"제기랄! 할 수 없지.

놈의 몽타주라도 만들어서 거리마다 붙여 보는 수밖에."

하이드의 몽타주를 만드는 일도 쉽지 않았어요.

그에게는 가족도 없고, 찍어 놓은 사진도 없었어요.

그를 본 사람은 가정부 아가씨와 할머니밖에 없었는데,

두 사람은 하이드의 생김새를 서로 다르게 말했지만,

왠지 기분 나쁘게 생겼다는 점만은 일치했지요.

경찰이 답답해서 말했어요.

"그렇게 애매하게 말하지 말고, 어떻게 기분 나쁘게

생겼는지 자세히 설명해 주세요."

"아, 글쎄, 딱히 꼬집어서 말하기가 힘들다니까요.

그냥 기분 나쁘게 생겼어요."

두 사람은 이렇게 대답할 뿐이었어요.

몽타주는 목격자의 증언을 모아서 만든 범인의 얼굴 사진이야.

가짜 편지

그날 오후, 어터슨은 지킬 박사의 집을 찾아갔어요.

집사인 풀이 실험실이 있는 건물로 안내해 주었어요.

그 건물은 마당 한쪽 귀퉁이 으슥한 곳에 있었어요.

어터슨은 이 집에 숱하게 왔지만, 그곳은 처음 가 보았어요.

안쪽으로 난 계단을 올라가니 붉은 문이 나왔어요.

지킬 박사의 서재로 들어가는 문이었어요.

지킬 박사는 불이 활활 타오르는 난로 앞에 앉아 있었어요.

어디가 아픈지 그의 얼굴은 몹시 창백했어요.

어터슨은 서둘러 지킬 박사 옆에 앉으며 물었어요.

"자네, 지금 세상이 온통 난리라는 걸 알고 있나?"

"알고 있네. 신문팔이 소년이 외치는 소리가 이곳까지 들리던걸."

"그렇다면 미리 경고해 두겠네.

죽은 커루 경도 자네처럼 나의 고객이었네.

그러니까 내 앞에서 하이드를 감쌀 생각은 하지 말게."

지킬 박사는 어금니를 힘주어 깨물며 대답했어요.

"그런 일은 없을 거야. 하느님께 맹세할 수 있어.

나와 하이드와의 관계는 이제 완전히 끝났어.

더 이상 그를 도울 필요도, 도와 달라고도 하지 않을 거야."

"그렇다면 정말 다행이야.

하지만 하이드가 잡히고 재판이 벌어지면 아무래도 자네 이름이

나올 텐데 그 불명예를 어떻게 감당하겠나?"

"그런 걱정은 하지 말게. 확실한 증거가 있으니까.

안 그래도 자네를 만날 생각이었네.

하이드가 편지를 보냈는데 이걸 경찰에 보여야 할지 모르겠어."

"혹시 그 편지 때문에 하이드가 잡힐까 봐 걱정하는 건가?"

"천만에! 하이드와 나는 이제 아무 상관도 없다니까!

나는 이 편지 때문에 내 명예가 더럽혀질까 봐 걱정하는 거야."

"그래? 그 편지를 보여 주게."

편지 내용은 뜻밖에도 간단했어요.

지킬 박사님, 그동안 많은 은혜를 입었는데,
그 은혜를 저버리는 행동을 해서 정말 미안합니다.
제 걱정은 조금도 하지 마십시오.
제가 경찰에 잡히는 일은 절대 없을 테니까요.

어터슨은 안심했어요. 편지 내용으로 보면 지킬과 하이드의 관계가
그렇게 깊어 보이지 않았거든요.
"다행이군! 그런데 주소가 적힌 겉봉투는 어디 있나?"
"봉투는 불태워 버렸네. 그리고 주소 같은 건 없었어.
우표도 붙어 있지 않고. 심부름하는 사람이 직접 전해 주었거든."
"이 편지를 내가 가져가서 좀 더 살펴보면 안 되겠나?"
"그렇게 하게. 그리고 내가 어떻게 하면 좋을지 가르쳐 주게.
지금 나는 머릿속이 너무 복잡해서 아무 판단도 못 내리겠어."

"그럼 마지막으로 한 가지만 더 묻겠네.

자네의 그 유언장도 하이드의 협박에 못 이겨 강제로 쓴 거지?"

지킬 박사는 아무 말 없이 고개만 끄덕였어요.

"역시 그랬군! 이제 걱정하지 말고 푹 자게. 내가 자네를 돕겠네."

어터슨은 지킬의 집을 나오려다가 집사에게 물었어요.

"오늘 지킬 박사에게 편지를 가져온 사람의 얼굴을 보았나?"

"편지요? 그런 일은 없었는데요."

어터슨은 표정이 어두워졌어요.

'지킬이 또다시 무언가 속이고 있는 게 분명해!'

그때 신문팔이 소년이 목청껏 소리치며 지나갔어요.

"호외요, 호외! 국회의원이 처참하게 살해된 사건입니다!"

어터슨은 온몸이 부들부들 떨렸어요.

어터슨은 사무실로 가서 조수인 게스트를 불렀어요.

게스트는 법률을 공부했으며 웬만한 글씨체는 구별할 수 있었어요.

"게스트, 자네도 커루 경 사건에 대해 들었겠지?"

"물론이지요. 지금 런던 시내가 온통 그 일로 시끌벅적한걸요."

"내가 범인의 편지를 갖고 있으니 잘 살펴보게."

어터슨은 게스트에게 하이드가 썼다는 편지를 넘겨주었어요.

게스트는 한참 동안 편지를 들여다보고 나서 말했어요.

"음, 이건 흔한 글씨체가 아니에요.

제가 아는 어떤 분의 글씨체와 비슷한데요."

그때 하인이 편지 한 통을 어터슨에게 전해 주었어요.

"지킬 박사가 저녁 식사 초대장을 보냈군."

"그래요? 잠시만……."

게스트는 두 통의 편지를 놓고 찬찬히 살펴보다가

조심스레 입을 열었어요.

"이 두 통의 편지는 한 사람이 쓴 것입니다.

글자의 획을 긋는 방법만 조금 다를 뿐입니다."

"뭐라고? 그럴 리가…….

게스트, 이 일은 절대 입 밖에 내서는 안 되네."

"예, 그렇게 하겠습니다."

게스트가 나가고 어터슨은 극심한 혼란에 빠졌어요.

'세상에, 지킬이 살인범을 위해 가짜 편지를 쓰다니!'

그는 온몸의 피가 얼어붙는 것 같았어요.

글씨를 일부러 다르게 써도 자기 글씨체를 숨길 수는 없어.

래니언 박사의 죽음

하이드는 잡히지 않았어요.

경찰이 현상금을 내걸고 온 나라를 샅샅이 뒤졌지만

그는 마치 이 세상에 없는 사람처럼 흔적도 찾을 수 없었지요.

하이드가 사라지자 지킬 박사는 밝은 표정으로 친구들과 만나고

봉사 활동도 열심히 했어요.

두 달 뒤인 1월 8일, 어터슨은 래니언 박사와 함께 지킬 박사로부터

저녁 초대를 받았어요.

세 사람은 오랜만에 즐거운 시간을 가졌지요.

나흘 뒤인 12일, 어터슨은 다시 지킬 박사를 찾아갔으나 못 만났어요.

풀이 말했어요.

"지킬 박사님은 지금 아무도 만나고 싶지 않으시답니다."

어터슨은 14일과 15일에도 찾아갔으나 역시 못 만났어요.

'지난 두 달 동안 거의 날마다 만났는데 갑자기 상태가 안 좋아졌나?'

어터슨은 이 일을 상의하기 위해 래니언 박사를 찾아갔어요.

래니언 박사를 본 순간 어터슨은 깜짝 놀랐어요.

1주일 사이에 그는 몰라보게 변했어요.

얼굴은 핏기 하나 없이 창백했고, 몸집은 반으로 준 것처럼 야위었고,

머리카락도 뭉텅 빠져 대머리처럼 보였어요.

래니언은 무언가에 쫓기는 듯한 불안한 눈빛으로 허둥거렸어요.
"나는 심한 충격을 받았다네. 얼마 못 살 것 같아.
모든 비밀을 알고 나면 사람은 더 이상 살아가기 힘들어."
"그게 무슨 소린가? 지킬이나 자네나 갑자기 왜 이래?"
"지킬 이야기라면 듣고 싶지 않네. 그는 친구도 아니야."
"래니언, 무슨 일이야? 자네와 지킬 사이에 무슨 일이 있었어?"
"말할 수 없네. 내가 죽고 나면 저절로 알게 될 거야.
그때 가서 과연 누가 옳았는지만 판단해 주면 돼."

어터슨은 집으로 돌아와 지킬 박사에게 편지를 썼어요.
왜 자기를 피하는지, 래니언과 무슨 일이 있었는지 묻는 편지였어요.
다음 날 지킬에게서 곧바로 답장이 왔어요.

나의 친구 어터슨에게
래니언과 나를 걱정하는 자네 마음은 충분히 알고 있네.
나는 변함없이 래니언을 좋아하지만 그가 나를 싫어하는 것을
충분히 이해할 수 있다네.
자네에게도 마찬가지야. 내가 자네를 만나 주지 않는 것은
자네가 미워서가 아니라 그럴 만한 사정이 있기 때문이야.
그 사정을 말할 수 없는 내 처지가 나도 슬프네.
나는 지금 엄청난 죄를 저지르고 그 벌을 받고 있어.
그래서 당분간 숨어 지내며 아무도 만나지 않을 생각이라네.
그러니 자네가 아직 나에게 애정을 갖고 있다면 제발 나를 이대로
내버려 두게. 부탁이네.

어터슨은 몇 번이나 되풀이해서 편지를 읽고 또 읽었지만
무슨 말인지 이해할 수가 없었어요.
'1주일 전까지만 해도 쾌활했던 지킬이 갑자기 이렇게 변하다니!
래니언도 마찬가지야. 도대체 둘 사이에 무슨 일이 있었던 걸까?'

1주일 뒤 래니언이 위독하다는 연락이 왔어요.

다시 1주일이 지나자 그가 죽었다는 소식이 전해졌어요.

친구의 장례식을 치른 날 밤, 어터슨은 편지 한 통을 꺼냈어요.

래니언이 살아 있을 때 마지막으로 남긴 편지였어요.

겉봉투에는 이렇게 적혀 있었어요.

'이 편지는 어터슨 외에는 절대 뜯어 보지 말 것.

나보다 어터슨이 먼저 죽었을 경우에는 뜯지 말고 불태워 버릴 것.'

어터슨은 떨리는 마음으로 봉투를 뜯었어요.

그런데 봉투 안에는 또 하나의 봉투가 들어 있었고,

거기에도 짤막한 글이 적혀 있었어요.

건강하던
친구가 왜
이렇게 갑자기
죽었을까!

47

'헨리 지킬 박사가 죽거나 사라질 경우에만 뜯어 볼 것!'

어터슨은 지킬 박사의 유언장에 들어 있는 '사라질 경우' 란 말이

래니언의 편지에도 들어 있는 것을 보고 충격을 받았어요.

'사라질 경우라니, 멀쩡한 지킬이 어째서 사라진단 말인가!'

어터슨은 래니언의 편지를 뜯어 보고 싶었지만, 금고에 넣었어요.

그것은 친구와의 의리를 지키는 일이기도 했고,

동시에 변호사로서의 의무이기도 했어요.

변호사는 의뢰인이 부탁한 것은 반드시 지켜 주어야 하니까요.

그 뒤에도 어터슨은 여러 번 지킬 박사의 집을 찾아갔지만

근심 어린 집사의 대답만 듣고 발걸음을 돌려야 했어요.

"박사님은 요즘 들어 더욱 서재에만 틀어박혀 지내세요.

저희에게 말을 거는 법도 없고, 그곳에서 주무시기까지 해요.

그렇다고 실험을 하거나 책을 읽는 것 같지도 않고,

그저 멍하니 생각에 잠겨 있어요."

창가에 나타난 지킬 박사

어느 일요일, 어터슨은 예전처럼 엔필드와 함께 산책을 나갔어요.
두 사람은 길을 걷다가 어느덧 지킬 박사의 집 근처에 이르렀어요.
엔필드가 말했어요.
"하이드는 나타나지 않는군. 살인 사건은 이대로 마무리되겠지?"
"글쎄. 나도 하이드를 만났는데, 자네 말대로 끔찍하게 생겼더군."
"그건 그렇고, 나는 이 집이 지킬 박사의 집인 줄은 꿈에도 몰랐네."

"그런 것 같더군. 지킬의 소식을 들은 지도 꽤 오래된 것 같군.
내친김에 그의 집 창문이라도 한번 올려다보고 가야겠어.
만나려 해도 만나 주지 않으니 걱정되어서 말이야."
두 사람은 골목을 돌아 천천히 지킬 박사 집 쪽으로 걸어갔어요.
마침 열린 창문으로 지킬 박사의 옆모습이 보였는데,
감옥에 갇힌 죄수처럼 어둡고 쓸쓸해 보였어요.
어터슨은 불쌍한 생각이 들어 친구를 소리쳐 불렀어요.
"어이, 지킬! 요즘은 어때? 좀 괜찮아졌는가?"
지킬 박사는 당황한 표정으로 얼굴을 내밀었어요.
"오, 어터슨. 그렇지 않아. 오히려 더 나빠진 것 같아.

오래 버티기 힘들 것 같아."

어이,
지킬!

"집 안에만 틀어박혀 있으니까 그런 생각이 들지.
어때, 우리랑 같이 산책이라도 하지 않겠나?
어서 옷을 갈아입고 내려오게."
"나도 그러고 싶지만 지금은 기운이 없어.
아무튼 자네 얼굴을 보니까 반갑네.
차라도 한잔 대접해야겠지만
그럴 형편이 아니니 이해해 주게."
"괜찮아. 자네와 이렇게 마주 보며 대화를
나눈 것만으로도 충분하네."

"고맙네. 사실은 나도 그래 주면 했어."
지킬 박사는 쓸쓸한 미소를 지으며
어터슨을 내려다보았어요.
그러다가 갑자기 지킬 박사의 얼굴에
어두운 그림자가 깔렸어요.
그는 일그러진 표정으로 창문을 닫고
모습을 감추었어요.
"자, 잠깐……."
어터슨이 소리쳐 불렀지만,
지킬 박사는 다시는
얼굴을 내밀지
않았어요.
두 사람은 말없이
한참을 걸었어요.
엔필드도 몹시 떨고
있었어요.
어터슨은 마음속으로
간절히 기도했어요.
'하느님, 제발 불쌍한
지킬을 구해 주세요.'

하이드의 죽음

3월의 어느 날 저녁, 어터슨이 난로 앞에 앉아 책을 읽고 있는데,
뜻밖에도 지킬 박사의 집사 풀이 헐레벌떡 달려왔어요.
"벼, 변호사님, 저희 집에 좀 가 주셔야겠어요.
지킬 박사님에게 무슨 일이 생긴 것 같아요."
"그렇게 흥분하지 말고 차근차근 이야기해 보게."
"아무래도 서재 안에서 무슨 일이 생긴 것 같아요.
피비린내 나는 사건 말입니다."
"뭐, 피비린내 나는 사건?"
어터슨은 마치 피 냄새를 맡기라도 한 듯 얼굴을 찡그렸어요.
"말로는 설명하기 힘드니 직접 봐 주세요."
"알았네. 얼른 가 보세."
어터슨은 모자와 외투를 집어 들고 밖으로 나갔어요.
어둡고 쓸쓸한 거리에는 찬바람이 불고 있었어요.
지킬 박사의 집으로 달려가는 동안에도 불길한 생각이
꼬리에 꼬리를 물고 이어졌어요.
"벼, 변호사님, 다 왔습니다.
제발 아무 일이 없어야 할 텐데……."
풀은 바라보기 애처로울 정도로 울상이 되었어요.

또 어둡고
쓸쓸한 런던의 밤이
배경이군.

지킬 박사님,
어터슨 변호사께서
오셨습니다.

하인들은 모두 거실 난롯가에 모여 있었어요.

"오, 풀! 그리고 변호사님……. 이젠 살았다!"

하녀 한 명이 두 사람을 보자 울음을 터뜨리며 반갑게 맞이했어요.

"왜 모두 여기 모여 있어? 박사님이 아시면 화내실 텐데……."

"무서워서 어쩔 수 없었어요."

"얼른 촛불을 가져와."

풀은 하녀가 가져다주는 촛불을 들고 앞서 가며 말했어요.

"변호사님, 저를 따라오세요. 조심하세요."

풀과 어터슨은 정원을 가로질러 실험실 건물로 갔어요.

그리고 계단을 올라가 지킬 박사의 서재 앞에 이르렀어요.

풀이 문을 두드렸어요.

"지킬 박사님, 어터슨 변호사께서 오셨습니다."

잠시 후 낯선 목소리가 들려왔어요.

"나는 누구와도 만나지 않는다고 전해 주게."

"예, 그렇게 전하겠습니다."

풀은 어터슨을 데리고 계단 아래로 내려가서야 입을 열었어요.

"들으셨죠? 그 목소리는 분명 박사님의 목소리가 아니었어요."

어터슨도 고개를 갸우뚱거렸어요.

"내가 아는 지킬의 목소리는 분명 아니었어. 아무래도 이상해."

"그래요. 박사님의 목소리가 아니에요.

20년 동안이나 박사님을 모신 제가 목소리도 모르겠어요?

8일 전에 서재에서 '살려 줘.' 하는 소리를 들었는데,

그때 무슨 일이 일어난 것 같아요.

만약 박사님이 살해되었다면 지금 저 방에 있는 사람은 누굴까요?"

"자네 말처럼 지킬이 살해되었다면

어째서 범인은 도망가지 않고 아직 서재에 있는 거지?"

"저 안에 있는 사람이 누군지는 모르겠지만 지난 주부터

저에게 어떤 약품을 사 오라고 시켰어요.

그런데 늘 얼굴을 보이지 않고 쪽지에 써서 계단에 던져 놓았지요.

박사님은 보이지 않고, 낯선 목소리의 사람이 이상한 행동을 하니

제가 어떻게 불길한 생각을 안 할 수 있겠어요?"

풀은 길게 한숨을 내쉬었고, 어터슨은 고개를 끄덕거렸어요.

"풀, 그 사람이 사 오라는 약품은 사다 주었나?"

"웬걸요. 약품을 사다 주면 번번이 잘못 사 왔다면서 다른 약품점에

가 보라는 새로운 쪽지를 갖다 놓았어요.

결국 런던 시내에 있는 약품점은 모조리 뒤지다시피 했지요.

도대체 그 약품으로 무엇을 하려는 걸까요?"

"흠, 그 쪽지를 좀 보여 주게."

풀은 주머니에서 꾸깃꾸깃 구겨진 쪽지를 꺼내 주었어요.

○○ 약품점 귀하

이번에 사 온 약품은 불순물이 많아 실험에 도움이 되지 않습니다.

예전에도 그 약품점에서 똑같은 약품을 산 적이 있습니다.

부디 그때의 것과 같은 것으로 구해 주시기 바랍니다.

돈은 얼마든지 줄 수 있으니 제발 약품을 빨리 구해 주십시오.

의학 박사 헨리 지킬

"무슨 내용인지는 모르겠지만, 글씨는 지킬이 직접 쓴 것이 분명해."

"글씨가 문제가 아니에요. 저는 그 남자를 보았어요."

"그 남자라니?"

"하이드 말입니다. 제가 이상한 생각이 들어 실험실 건물에 들어가

보았더니 한 남자가 복면을 쓰고 정신없이 뭔가를 찾고 있었어요.

그러다가 저와 눈이 마주치자 비명을 지르며 계단을 뛰어올라

박사님의 서재로 들어가 버렸어요.

그 남자가 하이드가 아니면 누구겠어요?

설마 박사님이 복면을 쓰고 돌아다니지는 않을 것 아니에요?"

풀은 두 손으로 얼굴을 감싸 쥐고 울먹거렸어요.

"내 생각에는 지킬이 이상한 병에 걸린 것 같아.

얼굴도 변하고, 목소리도 변하는 무서운 병 말이야.

그래서 사람들 눈에 띄지 않으려고 복면을 쓴 게 아닐까?"

"그것도 말이 안 돼요. 그렇다고 키까지 작아지겠어요?

저기 있는 사람은 박사님보다 키도 작고 몸집도 작아요."

"듣고 보니 자네 말도 맞군. 그렇다면 이제 어떻게 하지?
서재 문을 열고 들어가는 수밖에 없어!"
"저는 도끼를 들 테니 변호사님은 부지깽이를 잡으세요."
풀과 어터슨은 마음을 단단히 먹고 실험실 건물 안으로 들어갔어요.
두 사람은 어두운 계단 밑에서 위층의 분위기를 살폈어요.
위층에서는 끊임없이 서성거리는 발소리가 들렸어요.
풀이 말했어요.
"저렇게 밤낮없이 왔다 갔다 하다가 약품을 가져다 주면 잠시 멈춰요.
잘 들어 보세요. 저건 박사님의 걸음걸이가 아니에요."

위층에서 무슨
소리가 나나?

58

사실이었어요. 지킬은 발을 약간 끌며 걷는데, 들려오는 발소리는
느렸다가 때로는 쿵쿵 뛰는 것이 마치 짐승이 뛰는 것 같았어요.

"어떤 때는 우는 소리도 들렸어요."

"울다니, 왜?"

"까닭은 알 수 없지만 지옥에서나 들릴 법한 처절한 목소리였어요.
아, 가엾은 지킬 박사님……."

"풀, 진정하고 이제 올라가 보자고."

두 사람은 도끼와 부지깽이를 찾아 들고 위층으로 올라갔어요.

그때까지도 어수선한 발소리는 계속 들렸어요.

"지킬, 나야. 나, 어터슨이야. 문 좀 열어!"

어터슨이 문을 두드리며 큰 소리로 외쳤어요.

발소리는 멈추었지만 아무 대꾸가 없었어요.

"이봐, 지킬! 어터슨이라고. 자네한테 꼭 할 이야기가 있어."

그때 마치 쥐어짜는 듯한 목소리가 들려왔어요.

"어터슨, 제발 부탁이니…… 그냥 돌아가 주게."

어터슨은 눈을 커다랗게 떴어요.

"풀, 이건 지킬의 목소리가 아니라 하이드의 목소리야!
큰일 났어! 얼른 문을 부수게!"

풀이 사정없이 도끼로 문을 내리찍었어요.

도끼질로 박살 난 문이 안쪽으로 넘어갔어요.

지킬은 문을 잠그고 서재에 틀어박혀 뭘 했을까?

"지킬!"

"박사님!"

두 사람은 소리치며 안으로 뛰어들었어요.

그런데 뜻밖에도 서재 안은 너무나 조용했어요.

램프가 환하게 켜진 책상에는 책과 서류들이 가지런히 놓여 있었고,

난로 위에서 주전자가 뜨거운 김을 내뿜고 있었어요.

갑자기 풀이 비명을 질렀어요.

"악!"

고개를 돌린 어터슨도 공포에 질려 말을 더듬거렸어요.

"이, 이럴 수가!"

박사님!

지킬!

한 남자가 바닥에 쓰러져 있었어요. 하이드였어요.

그는 지킬 박사의 옷을 입고 손에는 약병을 쥐고 있었는데,

이미 숨이 끊어졌어요.

"약을 먹고 자살한 것 같아. 우리가 너무 늦었어.

우선 지킬부터 찾아보지."

두 사람은 방 안을 샅샅이 뒤졌지만 지킬의 흔적도 못 찾았어요.

풀이 의아한 표정으로 말했어요.

"하이드가 박사님을 죽여 복도 바닥에 파묻었을지도 몰라요."

둘은 곧 복도를 살펴보았지만 아무 이상이 없었어요.

어터슨이 말했어요.

"살아서 도망쳤을지도 모르잖아."

계단을 내려가서 골목 쪽으로 난 뒷문을 살펴보았지만 오랫동안

열지 않은 듯 자물쇠가 채워진 채 녹이 잔뜩 슬어 있었어요.

"흠, 뒷문으로 도망친 것도 아니군. 다시 올라가 보세."

두 사람은 서재 안을 꼼꼼히 둘러보았어요.

풀이 책상 위에 놓인 접시를 가리키며 말했어요.

"저 접시에 담긴 소금 같은 것이 제가 구해다 드린 약품이에요."

어터슨은 커다란 거울을 가리키며 말했어요.

"이렇게 커다란 거울이 왜 필요했을까?"

"글쎄요. 이 거울은 이 방 안에서 일어난 일을 모두 지켜보았겠지요?"

62

어터슨은 책상 위를 살펴보았어요.

서류 더미 위에 '어터슨'이라고 적힌 봉투가 놓여 있었어요.

봉투를 뜯자 안에서 세 개의 작은 봉투가 나왔어요.

첫 번째 봉투에는 어터슨이 전에 돌려준 유언장이 들어 있었어요.

그는 유언장을 읽어 보다가 깜짝 놀랐어요.

다른 내용은 그대로인데, 지킬 박사의 재산을 물려받을 사람이

하이드가 아니라 어터슨으로 바뀌어 있었어요.

"이게 어찌 된 일이지? 뭐가 뭔지 하나도 모르겠어."

어터슨은 바닥에 쓰러진 하이드에게로 눈길을 돌렸어요.

"하이드도 이 유언장을 보았을 텐데 왜 찢어 버리지 않았을까?"

어터슨은 유언장을 내려놓고 두 번째 봉투를 뜯었어요.

안에서는 짤막한 편지가 나왔어요.

어터슨은 편지를 보자마자 소리쳤어요.

"지킬은 오늘까지 살아 있었어! 이 편지에 적힌 날짜가 오늘이거든!

하이드가 지킬을 죽이고 그렇게 짧은 시간에 시체를 없앨 수는 없지.

지킬은 살아 있어. 도망친 것이 분명해.

어쨌든 풀, 오늘 있었던 일을 절대 남에게 말해서는 안 돼. 알겠나?"

"물론이지요. 어서 박사님이 남긴 편지를 읽어 보세요."

어터슨, 자네가 이 편지를 읽을 무렵이면 난 사라지고 없을 거야.

구체적으로 어떻게 사라지게 될지는 나도 모른다네.

다만 한 가지 분명한 것은 그 시각이 이제 눈앞에 닥쳤다는 거야.

이제 모든 비밀을 자네도 알 때가 되었네.

우선 집으로 돌아가서 래니언이 자네에게 남긴 편지를 읽어 보게.

더 자세한 것을 알고 싶으면 여기 있는 세 번째 봉투를 뜯어 보게.

자네의 어리석은 친구, 헨리 지킬

"편지가 한 통 더 있었지?"

"예. 여기 있습니다."

어터슨은 풀이 내미는 봉투를 주머니에 넣고 다시 한 번 말했어요.

"풀, 오늘 일은 자네 주인의 명예와 관계된 아주 중요한 일이네.

나는 지킬이 말한 편지를 다 읽고 나서 경찰에 알릴 거야.

그러니 자네도 그때까지만 비밀을 지켜 주게. 부탁이네.

어, 벌써 밤 10시가 넘었군. 나는 이만 가 봐야겠네."

"걱정 마십시오, 변호사님. 반드시 약속을 지키겠습니다."

어터슨은 서둘러 집으로 돌아와서 금고를 열었어요.

래니언의 편지는 그대로 있었어요.

어터슨은 급하게 봉투를 뜯어 안에 든 편지를 꺼내 들었어요.

래니언 박사의 편지

나의 친구, 어터슨.

나흘 전인 1월 9일, 나는 헨리 지킬이 보낸 편지를 받았네.

나는 깜짝 놀랐어. 바로 전날 자네와 내가 그의 집에서 저녁 식사를

했는데 새삼스럽게 편지를 보낼 일이 뭐가 있을까 싶었거든.

나는 의아한 기분으로 봉투를 뜯었어.

편지 내용을 그대로 옮기면 다음과 같네.

래니언! 자네와 나는 이따금 학문적으로 대립한 적은 있어도

우정만은 변함없었다고 굳게 믿고 있네.

만약 자네가 어려운 형편에 놓인다면

나는 언제라도 내 목숨과 전 재산을 내놓을 수 있네.

래니언! 부탁이 있네.

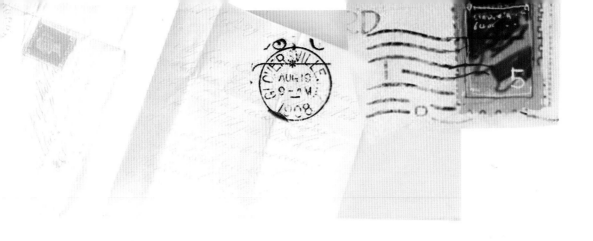

지금 나는 아주 어려운 처지에 놓여 있어.

오늘 밤 자네가 나를 구해 주지 않으면 나는 끝장 날 거야.

이 편지를 받는 즉시 마차를 타고 내 집으로 와 주게.

풀에게 자네가 올 거라고 연락해 두었으니, 풀과 함께 서재로 가서

자물쇠를 부수고라도 안으로 들어가게.

서재 안에는 여러 칸으로 나누어진 유리 장식장이 있을 걸세.

그 중 'E'라고 적힌 칸을 살펴보게.

장식장의 네 번째 서랍을 열면 가루약과 조그마한 유리병,

그리고 수첩이 들어 있을 거야.

그 서랍을 통째로 들고 자네 집으로 돌아가서 기다리게.

이것이 나의 첫 번째 부탁일세.

두 번째 부탁은 지금부터야.

밤 12시쯤 내 이름을 대면서 자네를 찾아오는 남자가 있을 거야.

그 남자를 자네의 진찰실로 데려가서 가져온 서랍을 넘겨주게.

자네의 임무는 여기까지야.

이것만 잘해 준다면 정말 고맙겠네.

나의 부탁이 자네는 잘 이해되지 않겠지. 무척 궁금할 거야.

그렇다면 내가 부탁한 모든 임무를 마치고 넉넉잡아 5분만 기다리게.

그러면 저절로 모든 궁금증이 풀릴 거야.

래니언! 나는 지금 엄청난 두려움으로 몸을 떨고 있다네.

내가 부탁한 것이 잘못되면 나는 파멸의 구렁텅이로 빠지고 말 거야.

자네가 내 부탁을 들어준다면 나의 고통은 거짓말처럼 사라질 거네.

헨리 지킬

추신 : 만약 이 편지가 우체국 사정으로 조금 늦게 배달된다면

뒤늦게라도 내가 말한 대로 해 주어야 하네.

그때는 이미 너무 늦었을지도 모르지만 말이야.

다시 한 번 말해 두지만, 자네가 오늘 밤 작은 실수라도 하는 날에는

나를 두 번 다시 못 볼 것이네.

어터슨, 편지를 읽고 나는 지킬이 제정신이 아니라고
생각했네. 그래도 일단 그의 부탁을 들어주기로 했어.
곧바로 마차를 타고 지킬의 집으로 갔더니 풀이
기다리고 있더군.

나는 풀의 도움을 받아 지킬의 서재로 들어갔네.

나는 지킬이 시킨 대로 네 번째 서랍을 들고 집으로
돌아왔지.

래니언 박사는
지킬의 이상한 부탁을
들어주는구나.

런던의 밤 풍경이야.

하이드는 늘 밤에 활동했어.

나는 서랍 속에 든 물건들을 자세히 살펴보았어.

먼저 가루약 봉지가 눈에 띄더군.

약을 싼 솜씨가 서툰 걸로 보아 지킬이 직접 싼 것 같았어.

약봉지 속에는 하얀 가루가 들어 있었네.

그 다음으로 흥미로운 것은 빨간 액체가 든 작은 유리병이었네.

그런데 병뚜껑을 열자마자 고약한 냄새가 코를 찌르더군.

흔히 볼 수 있는 수첩도 한 권 있었는데, 별다른 내용은 없었네.

그저 하루하루 날짜만 기록하고 내용이 없는 빈 페이지가 계속되다가

그마저 귀찮았던지 1년 전쯤부터는 날짜도 적혀 있지 않았지.

날짜가 기록된 곳에는 가끔 간단한 글이 적혀 있었는데,

'두 배'와 '완전한 실패'라는 말이 여러 번 눈에 띄었어.

아마 어떤 실험 과정을 기록한 것 같더군.

나는 지킬의 서랍을 살펴보고 나서 다시 혼란에 빠졌다네.

도대체 약봉지와 유리병, 수첩 같은 것들이 지킬의 목숨과

무슨 상관이 있을까 하는 의문이 든 거지.

생각하면 생각할수록 의문은 풀리지 않고 두려움만 커져 갔어.

나는 권총을 바지 주머니에 넣고 지킬이 보낸 사람을 기다렸어.

12시를 알리는 종소리가 런던의 밤하늘에 울려 퍼지자

기다렸다는 듯이 누군가 문을 두드렸어.

문을 열어 보니 몸집이 작은 남자가 현관 기둥에 기대어 서 있었어.

"지킬 박사가 보낸 사람입니까?"

"그렇습니다."

나는 그 남자를 데리고 진찰실로 갔네.

밝은 불빛 아래서 남자의 얼굴을 처음 보고 나는

까무러칠 뻔했다네.

끔찍하게 생겼다는 말 외에는 달리 설명할 수 없는

얼굴이었어.

남자의 옷차림도 이상하기 짝이 없었어.

몸에 맞지 않는 커다란 옷을 입은 것이 남의 옷을

빌려 입거나 훔쳐 입은 것 같았어.

당황하는 나를 향해 남자는 기분 나쁜 웃음을

지어 보이더니 불쑥 물었네.

"서랍은 가지고 오셨습니까?"

"책상 맞은편 바닥에 있습니다."

남자는 마룻바닥으로 달려가더니 서랍 안을

살펴보더군.

서랍은 가지고
오셨습니까?

69

"박사님, 눈금이 있는 시험관을 주시겠습니까?"

내가 시험관을 가져다주자 남자는 그 속에 빨간 액체 몇 방울과

가루약 한 봉지를 섞었다네.

그러자 불그스름하던 액체가 부글부글 끓어오르며 수증기를

내뿜더니 초록색이 되었어.

남자는 시험관 안의 변화를 지켜보더니 마침내 이렇게 말했어.

"박사님, 저는 이 시험관을 들고 이대로 나갈 수도 있고,

아니면 여기서 자세한 것을 보여 줄 수도 있습니다.

그 결정에 따라 박사님은 놀라운 지식을 가진 유명한 학자가 될 수도

있습니다. 선택은 박사님이 하십시오."

나는 남자의 건방진 말투가 기분 나빠서 퉁명스럽게 대답했지.

"그토록 놀라운 것을 당신만 알고 있지 왜 나에게 보여 주려는 거요?"

남자는 이렇게 대답하더군.

"지금부터 보여 주려는 기적이 평소 박사님의 학문적 주장과는

상당히 다른 것이어서 그렇다면 대답이 될까요?"

"흥! 그래요? 그럼 그 잘난 기적을 구경이나 해 봅시다."

남자는 시험관에 든 액체를 벌컥벌컥 들이마시더니

괴상한 소리를 지르기 시작했어.

"으악…… 우우……."

나는 그만 자리에서 벌떡 일어났어. 그야말로 기적이 일어난 거야.

남자는 눈이 시뻘게지고 숨을 헐떡거리더니 이내 몸이 부풀어오르고

눈과 코와 입이 스르르 녹아들면서 전혀 다른 사람으로 바뀌었어.

나는 소리를 질렀어.

"헉! 하느님, 맙소사!"

내 눈앞에 나타난 사람이 누군지 아나?

그는 바로 우리의 친구 헨리 지킬이었다네!

그 뒤 지킬이 눈물을 펑펑 쏟으며 들려준 이야기는 전하지 않겠네.

그때부터 나는 잠도 못 자고 밥도 못 먹고 공포에 시달리고 있어.

이대로라면 나는 아마 오래 못 살 것 같아.

마지막으로 한 가지만 덧붙여 두겠네.

지킬의 말에 따르면 그날 밤 나를 찾아온 남자가 바로 하이드였어.

댄버스 커루 경을 살해한 혐의로 온 나라에 수배된 그 악한 말일세.

래니언의 편지는 거기서 끝났어요.

어터슨은 충격으로 한동안 멍하니 앉아 있다가, 지킬 박사의 집에서

가져온 세 번째 봉투를 열었어요.

지킬 박사의 고백

나는 부잣집에서 태어나 머리도 영리한 데다가 무척 부지런해서
어릴 때부터 많은 사람들의 기대를 한 몸에 받으며 자라났네.
하지만 나에게는 좋은 점만 있었던 것은 아니라네.
나의 결점은 참을성이 부족하고, 지나치게 고집이 셌으며,
제멋대로 행동하는 것이었어.
나의 내면에서 언제나 두 가지 마음이 다투고 있었지.
존경 받는 사람이 되고 싶은 착한 마음과, 남의 시선은
무시하고 자유롭게 살고 싶은 나쁜 마음이야.
나는 이 두 가지 마음 중에서 나쁜 마음은 애써 억누르고
착한 사람이 되려고 노력한 끝에 마침내 그 뜻을 이룰 수 있었네.
나는 사회에서 존경 받는 사람이 되었지만 나의 나쁜 마음은
사라지기는커녕 오히려 더 강해졌지.
실험실에서 연구에 몰두하던 어느 날, 나는 문득 이런 생각을 했다네.
'한 사람이 착한 사람과 나쁜 사람, 둘로 나누어질 수는 없을까?
착한 마음과 나쁜 마음 사이에서 고민할 게 아니라,
착한 나는 착하게 살고 나쁜 나는 악마처럼 살고…….'
나는 그렇게 살 수 있는 방법을 찾기 위해 연구에 연구를 거듭했네.
물론 수많은 실패가 따랐지만 결국 멋지게 성공했다네!
나를 둘로 나누는 약품을 개발한 거야!

나는 용기를 내어 그 초록색 액체를 단숨에 마셨네.

놀랍고 고통스러운 변화가 일어났어.

갑자기 온몸의 뼈가 으스러지며 속이 뒤집히는 듯한 고통이

찾아오더니, 잠시 후 전혀 다른 내가 되어 있었어.

나는 더 젊어지고 더 가벼워졌으며 열 배 더 악해졌어.

나는 기뻐서 날뛰다가 문득 거울에 비친 내 모습을 보았지.

순간 한 가지 의문이 생겼다네.

'어째서 지킬보다 하이드는 몸집이 작을까?'

나는 지금도 그것을 과학적으로 설명할 수 없네.

아마 나쁜 마음은 지금까지 숨겨 왔기 때문에 착한 마음보다

발달하지 못해서 그런 것 같아.

그래도 나는 기쁨에 겨워 거울을 들여다보며 중얼거렸네.

"얼마나 멋진 일인가! 억지로 착한 척 꾸미지 않아도 되니 말이야."

어느새 날이 밝아 오고 있었네.

나는 얼른 다시 약을 만들어 들이마셨지.

그러자 또다시 고통이 찾아오더니, 존경 받는 지킬 박사로 돌아왔어.

나는 다시 한 번 기쁨에 들떠서 소리쳤다네.

"이것은 기적이야! 과학의 승리라고!"

그날부터 나의 이중생활이 시작되었어.

우선 소호 거리 뒷골목에 하이드의 방을 따로 마련했어.

지킬 박사는 밤이 되면 하이드가 되어 거리를 쏘다녔어.

　　　밤의 하이드는 그야말로 미친 듯이 날뛰었어.

　　　　골목에서 부딪친 소녀를 그대로 밟고 지나간 적도

　　　있었으니까.

정말 사람을
둘로 나누는 것이
가능할까?

　　　그런데 문제가 생겼어.

어느 날 아침, 나는 몸이 이상해서 거울을 보다가 비명을

질렀다네. 잘 때는 분명 지킬 박사로 변해서 잤는데,

거울에 비친 내 모습은 하이드였던 거야.

나는 서재로 달려가 약을 마시고 지킬 박사가 되었지만 불안했어.

'어째서 약을 마시지도 않았는데 하이드가 되었을까?'

그때부터 내가 만든 약은 효과가 일정하지 않았어.

마치 마법이 풀린 것처럼 제멋대로 지킬이 되거나 하이드가 되었어.

평소보다 두세 배나 많은 약을 마셨지만 마찬가지였네.

나는 내가 얼마나 무서운 짓을 저질렀는지 깨닫기 시작했네.

두 개의 마음 중 어느 한쪽만을

선택해서 살아야 한다고

생각했지.

하이드를 버리고
지킬 박사로
살아가야겠다!

고민 끝에 나는 하이드를 버리고 지킬 박사로 살아가기로
결심했다네.
작년 8월경부터 두 달 동안은 나는 지킬 박사로 살았네.
하지만 다시 하이드가 되고 싶은 욕망이
꿈틀거리기 시작했어.
두 달 동안 지킬 박사로
살 때에도 하이드에 대한
미련이 있었나 봐.
소호 거리의 방과 하이드의
옷을 그대로 둔 것을 보면
말이야.
10월의 어느 날, 나는 충동을 이기지
못해 약을 마시고 하이드가 되었네.
그날이 바로 커루 경이 죽은 날이라네.
나는 피 묻은 옷을 입은 채 소호에 있는
하이드의 집으로 달려갔지.
그곳에서 의심 받을 만한 서류는
불태워 버리고, 콧노래를 부르며
서재로 돌아와 약을 마셨지.
온몸이 갈기갈기 찢어지는 듯한 아픔과
함께 나는 다시 지킬 박사가 되었지만,
후회가 물밀듯이 밀려왔어.

내 몸이 왜
하이드로
바뀌었지?

'순간의 충동을 이기지 못하고 하이드가 되어 사람까지 죽였구나.'
나는 눈물을 흘리며 다시는 하이드가 되지 않겠다고 기도했어.
그리고 하이드가 드나들던 뒷문을 잠그고 열쇠를 부숴 버렸어.
자네들과 다시 어울리며 봉사 활동을 시작한 것도 그때라네.
나는 교회도 열심히 다니고, 가난한 사람들에게 자선을 베풀었지.
그 순간에도 내 마음 깊은 곳에서는 하이드가 튀어나오려고
발버둥을 쳤지만 나는 이를 악물고 참았다네.
그것은 결심도 결심이지만, 이제 다시 하이드로 바뀌면 즉시
살인범으로 체포되어 사형당할 것은 불 보듯 뻔한 일이었으니까.
경찰은 하이드를 잡으려고 몽타주까지 만들었지만 결국 잡지 못하고
1월이 조용히 흘러가고 있었네.
그러던 어느 날, 공원 벤치에 앉아 햇볕을 쬐던 나는 갑자기 온몸이
덜덜 떨리면서 구역질이 나더니, 그만 정신을 잃고 쓰러졌네.
내가 다시 눈을 떴을 때 내 몸은 하이드로 바뀌어 있었어.
나는 순간 주위를 두리번거렸네.
다행히 본 사람은 아무도 없었어.
하지만 또 다른 걱정이 내 머릿속을 스치고 지나갔어.
'아뿔싸! 하이드가 드나들던 뒷문은 잠겨 있고 열쇠는 부숴 버렸잖아.
이 모습을 하고 정문으로 들어가면 하인들이 경찰에 신고할 텐데.'
궁리 끝에 나는 옷자락으로 얼굴을 감추고 마차를 타고
가까운 호텔로 달려갔네.

그곳에서 두 통의 편지를 써서 하나는 래니언에게 부치고,
하나는 풀에게 보냈지.

그 다음의 일은 이미 래니언의 편지를 읽어서 알고 있겠지.

다시 지킬이 된 나는 공포에 떠는 래니언을 남겨 두고 집으로 왔지.

하지만 그날부터 내 몸은 멋대로 바뀌기 시작했어.

하루에도 몇 번씩 지킬이 되었다가 하이드가 되는 바람에
정신을 차릴 수 없을 정도였지.

나는 서재 문을 걸어 잠그고 다른 사람은 전혀 안 만나기로 했어.

다만 한시바삐 약을 만들어야 했기 때문에 필요한 약품을 종이에
써서 풀에게 구해 오라고 시켰지.

하지만 어떤 약품으로도 제대로 된 약을 만들 수 없었어.

그때 나는 깨달았어. 내가 처음 만든 약에는 나도 모르는 불순물이
들어 있었고, 그 불순물이 약의 주요 성분이었던 거야.

사랑하는 친구 어터슨, 나는 벌써 1주일째나 지킬이 되지 못하고
하이드로만 살았네.

이제 마지막 남은 약을 다 털어 마시고 지킬이 되어 이 편지를 쓰네.

30분 뒤에는 나는 다시 무시무시한 하이드로 변해 있을 거야.

하이드로 변한 지킬은 경찰에 체포되어 사형을 당할까,

아니면 스스로 목숨을 끊을까?

그것은 하느님만이 알고 있겠지만 나는 아무래도 좋네.

지킬로서의 내 삶은 지금 이 순간이 마지막이니까.

이 편지를 모두 쓰고 펜을 놓을 때쯤이면

불행하고 추악했던 헨리 지킬의

삶도 마치게 될 것이네.

로버트 스티븐슨은 누구?

스티븐슨과 그의 가족.

스티븐슨의 아내가 된 오즈번.

스티븐슨 박물관 내부.

사모아 섬에 있는 스티븐슨의 무덤.

♥ 작가가 꿈인 병약한 소년

스티븐슨은 1850년 영국 에든버러에서 태어났어요. 건강이 나빠서 정상적으로 학교에 다니기가 어려웠지만, 열심히 노력해서 에든버러 공대에 들어갔지요.

대학에 들어갈 때는 토목 기사인 아버지의 뒤를 이을 생각이었지만, 선천적으로 몸이 약한 데다가 문학을 좋아해서 법과로 옮겨서 25세에 변호사가 되었어요.

스티븐슨은 건강이 악화되자 유럽 각지를 여행하며 요양을 했는데, 이것이 글을 쓰는 데 큰 도움을 주었어요.

그는 〈보물섬〉, 〈지킬 박사와 하이드〉 등 많은 화제작을 발표하면서 작가로서의 명성을 쌓아 갔으나 1888년 영국을 떠나 남태평양의 사모아 섬에서 살기 시작했어요. 이곳의 기후는 스티븐슨의 체질에 잘 맞아 그는 건강을 회복하고 한때 활동적으로 일하기도 했으나 1894년 12월 3일 아침, 44세의 젊은 나이로 세상을 떠났어요.

♥ 지적이며 독창적인 작가로 남다

어릴 때부터 몸이 약한 스티븐슨은 많은 시간을 침대에 누워 어머니가 읽어 주는 성경과 여러 가지 이야기책을 들으며 지냈다고 해요.

그런 경험은 풍부한 상상력과 문학적 재능을 키우는 데 도움이 되었지요.

이 시대에 많은 영국 작가들이 활동했지만, 스티븐슨처럼 지적이고 독창적인 작품을 쓴 사람은 없어요.

〈지킬 박사와 하이드〉쏙쏙 알아보기

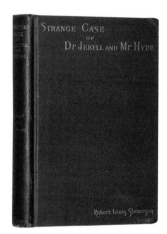

1886년에 발행된 〈지킬 박사와 하이드〉의 초판본.

뮤지컬 〈지킬과 하이드〉의 포스터.

💜 줄거리

지킬 박사는 높은 학식과 인품으로 사람들의 존경을 받는 인물입니다. 하지만 그는 남의 시선을 의식하지 않고 마음대로 살고 싶은 욕망에 사로잡힙니다. 지킬 박사는 인간의 착한 마음과 나쁜 마음을 완전히 분리해 주는 약을 발명합니다. 그리고 약을 먹고 하이드가 되어 있는 동안 도덕심에서 벗어나 완전한 해방감을 맛보다가 마침내 살인 사건까지 저지릅니다.

지킬 박사는 자신의 행동에 충격을 받고 온전히 지킬 박사로만 살기로 결심하지만 이미 때는 늦었습니다. 하이드로 변한 자신을 지킬 박사로 돌아가게 할 수 있는 약이 다 떨어졌을 뿐 아니라 다시 만들 수도 없었기 때문이지요. 결국 지킬 박사는 하이드의 모습을 한 채 자살합니다.

💜 인간의 이중성

사람은 어린 시절부터 착한 사람이 되라는 교육을 받고 자라지만 마음속에는 지킬 박사처럼 착한 마음과 나쁜 마음이 섞여 있어요. 사람의 마음은 그 자체로 악한 것도 선한 것도 아니어서 온전히 착한 마음으로만 사는 것은 어려운 일이에요. 그래서 우리는 늘 마음을 잘 다스려서 올바르게 살려고 노력해야 해요.